물의 습성

문학들 시인선 025

박자경 시집

물의 습성

문학들

시인의 말

꽃대궁에 허공이 채워지면서 점점 말을 잃어가고 있었다

그래도 봄이 되니 우묵하게 들어앉은 꽃자리에 물기가 돌더라

계절이 도망가기 전에 바람의 이야기들을 얼른 채록해야겠다.

박자경

차례

제2부

제4부

제1부

물의 습성

바닥을 숨기거나
깊이가 고이는
곳

뛰어내리고 싶으면
몇 걸음 뒤로 물러나야 하는
곳

돌멩이라도 힘껏 던져 보고 싶게
침묵하는
곳

네가 사는 집과
내가 찾아가는 길
어디메쯤

길을 막아서며
또 길을 열어주는
너의 습성

묘猫

그녀, 내 무덤 찾아왔네

늘어진 허리 곧추세우고 앉아
낭창 울음 삼키지 못하고 목에 고인
숨 몰아 뱉으며, 카르릉
웅얼거리네

무당이었지
발소리도 내지 않고 내게 찾아와
혓바닥을 동강 내고
내 피를 훔쳐갔지
주술 같은 신음
안을수록 파고드는 손톱
집요하게 물기를 빨아들이는 그믐달 눈빛

허공에 집을 지어도 추락하지 않는
천 개의 눈, 천 개의 길*을 피해
무덤으로 숨어들었건만
탐조등 켜 들고 와

나른하게 늘어진 내 지문 핥고 있네

그녀에게서 나, 도망치지 못하겠네.

* 『니체, 천 개의 눈, 천 개의 길』, 고병권. 표제 차용.

겨울 백합

비울 것 다 비우고 나서야 더 단단한 것이
이 겨울 지상에 또 있을까
가장 명료한 직립

흩날리는 눈발에 흔들리면서도
결코
꺾이지 않는 도도함은 어디에서 온 걸까
한여름에 온몸으로 한번
하얗게 웃어 봤으니

삭풍 부는 겨울날에는
그만
무릎을 꺾어
앉아 쉬어도 좋으련만

꽃향기 한창이거나
촘촘한 씨앗 씨방 가득할 때보다도
홀가분한 가벼움만으로

저 갈 데 없이 고결한 자존

낙화

꽃잎 하나 떨어졌는데
나의 어깨는 왜 이리 무거운가

밤새 위통으로 시달리다가
새벽녘에 다시
꽃의 안부가 궁금하여 전화를 건다

무소식이다

내가 손을 놓지 않았는데도
너는 이제 몸에서 떠나는구나

꽃술에서 새로 돋아난
꼬투리를 타고
훨훨
나를 버리고 가는구나

새 둥지 안에 날아들어 숨는구나
꽃송이가 꽃을 잉태하고서

늙은 바다 흘통*

무안 세발낙지 한 꾸리 삼켜 먹고
삼복더위 씻어내려고 찾아 나섰던 흘통 바닷가
세상에 인사할 것이 그리도 많은지
허리 펴지 못하고
땅에 인사하며 걷는 할머니가
낡은 손으로 내 손을 긁던 흘통 바다

젊은 바다들처럼 강하게 휘몰아 왔다가
흔적 없는 모래처럼 깨끗이 바닷속으로 사라지지 못하고
언제나 산뜻하지 못한 늙은 여인처럼
끈적이게
질질 끌려 나가는 게 싫다고 도망쳤던 바다

다달이 썰물이 들고 밀물이 빠져나가던 내 몸에도
가끔 쿨럭이는 바람과 체기滯氣가 수시로 찾아오면서
다시 찾은 겨울 흘통

차가운 해풍 맞으며
갈퀴 같은 손으로 모래땅을 움켜쥐고 선

겨울 소나무 뿌리만 봐도 가슴이 내려앉는

거북이 등처럼 주름 늘어뜨리며
받아 마신 물을 아쉬운 듯 천천히 내보내고 있는
홀통에 빠져
나도 온통 물에 젖으며
바다에 인사해 보는 여인이 되어

* 전남 무안에 있는 해수욕장.

노랑은 슬프다

노랑은 본시 명랑하였다네

겨울을 깨고 나오는 복수초
아릿한 생강나무꽃
영원불멸의 사랑 산수유꽃
코리안 골든 벨 개나리
밝고 맑고 사랑스러운 저 작은 수선화

그 노랑 꽃들이
유채꽃 축제 한창인 남평 드들강가에서
후두둑 물속으로 뛰어드네

홍어 거슬러 올라오던
영산포 나루터
흐르고 흘러 하구언
아래로 또 흘러 화원반도
더 흘러 아, 명량

노랑이 바다에 침몰하고 있네

복숭아 벌레

햇살을 삼켜 침샘에 가둔다
온몸이 부풀어 올라 터질 만큼
이슬도 몽땅 받아 마신다

창자 속에서 거꾸로 올라온 쓴 즙을 토해내어
수피에 묻힌다
내 속에서 나온 쓴 물은 살충제가 되겠지
비를 받아 마시며
뜨겁게 익어 물러가는 살 속도 식혀준다

내가 키워낸 나의 복숭아를
누군가는 따 먹으려고 한다
햇살 한 줌
비 한 방울 보태지 않은 누군가가
자기의 것인 양 거두려고 한다

벌레 보듯 나를 보며

목련木蓮

목필 끝으로 빨아들인 먹물이
저 나무의 수피관을 거치면
순백의 꽃으로 환생하는구나

겨우내 발가락에 박힌 동상을
따듯한 입김 불어 녹여주면서
보름달 지고 나면
밤낮 잠도 못 자고 등불 켠 채
봄이 오는 길을 밝히다가

풀썩–
등불 내려앉은 자리

환자처럼 누렇게 뜬 얼굴로
움푹 파인 하얀 꽃그늘 그림자 속에
숨어 끓던 빛이 서운하여
누렇게 질려 있구나

진흙소가 물 위를 걸어*간 곳에서도

대지와 허공이 찢어지며

여름이면 또 다른 꽃이 피어날 거라고 다독여주니

연꽃도 아닌 것이

나무의 연꽃이라 불리는 인연을 알겠구나

* 서산대사의 선시 「임종계」 중에서 차용.

거슬러 오르는 게 연어뿐이겠나

산다는 건 참 쉬운 거야
너나 나나 흐르고 흘러
이리 휘청 저리 휘청
뼈를 삭히고 사는 일인데 뭐가 그리 어렵겠나
한 너울 휘어잡고 수초 위로 올라타면
어깨 너머 한 세상

암사마귀처럼 기다리던 너를 잡아먹고
하얗게 토해낸 거품 속에
잊은 지 오래된 비밀을 삼키고 살아도
물수제비가 통통 튀어 오를 때마다
나도 덩달아 울렁거렸던 때를 기억하면서
가라앉았던 돌멩이를 호기롭게 삼키기도 하는 거지

거슬러 올라간다는 것은 참 쉬운 일이야
너무 빨리 죽기를 각오하면
무너지기 쉬운 법
죽어도 살아야겠다며 그냥 사는 거지
집을 떠나온 자는
집이 그리우니까 무단히 오르는 것이고

자작나무
- 북해도에서

저 꼿꼿한 성자聖子를 건드려
옷을 벗기고

옷 벗게 하여

나,
이곳에 눌러앉아
그이의 현지처 되어 볼까

모과

어깨에 매달려 자라는 것들을
비웃으며
홀로 저 높은 가지 끝에서
독하게
물구나무 서기로 버티는구나

죽도록
버티다 보니
땅에 떨어져
주검이 되어도
몸속에 가둔 향내는 죽지 않고서 버티는구나

단단하다 못해 푸른 역발상

빗살무늬 토기

너에게 고백할 게 있어
해서는 안 되는 말인 줄은 알아
너는 처음부터 금줄을 치고 나왔지
이리 빗금
저리 빗금
언제나 금이 갈 준비가 되어 있었어
놀라지 않았어, 단지
한 시 방향에서 일곱 시 방향으로
네가 떠날 때
열한 시 방향에서 다섯 시로 버티며 살았던 게지

고무줄 끊기

아버지의 오래된 내복을 꺼내 보았네
하얀 가루가 묻어 있던
새까만 고무줄을 옷핀 귀에 묶어
회색 내복 허리춤에 끼워 넣던 때가 있었지

이북에 두고 온 고향 그리며
독재정권에 대고 항거하지 못한 말
얇은 살 속에 채워 두느라 힘겨워하시다
허리춤을 묶고 있던 질기디질긴 검정 고무줄만
수없이 끊어내셨지

들숨과 날숨이 언제나 고르지 못하셨고
유난히 속옷 고무줄
잘 끊어뜨리던 아버지는
이산가족 상봉 소식에 반짝 혈기를 되찾다가
암 수술 이후
팽팽한 오기들을 다 놓아버리셨지

광목 끈 환자복으로 삼 년 버티다

고향을 향해 떠나가셨지
오래도록 버리지 못하고 간직하였던 내복을 꺼내
나, 이제
아버지 살 속을 파고들던
까만 고무줄 끊어 버렸네.

파꽃

새까만 눈을 가진 아이

씨받이
폭탄
툭, 터진다

빗방울에
어혈 풀리고

우주가 들썩거린다

상추씨 한 알이

겨우내
추위를 견디려고
완강히 서로를 껴안고 붙어 있던 흙이
작은 상추 씨 몇 알로 헐거워진다
타자기에 찍히는 쉼표만큼이나
작은 몸이 물을 빨아들여
한차례 몸을 흔들 때마다
단단한 흙의 속살을 흔들어 댄다
난만한 봄 햇살들이 땅속으로 파고들면
물의 싹들이
상추 씨알에게 길을 내어준다
헐거워진 흙 속으로
지렁이
민달팽이가 지나가면
그 물길 밑에서
씨알에서 자란 씨알이 씨알을 만들어낸다

불임의 시간

얼마나 다행인가
불임이란다
모든 걸 받아들이되
수태하지 못하는 자유

배란기 시절엔
잘못 들어온
독한 말 한마디에 세상이 무너졌고
모진 입덧과 함께
열 달을 품고 있어야 했는데

순해지는 것이 그뿐이겠는가
품고 싶어도 맘껏 품을 수 없었던 연정을
눈이 순해지고 몸이 순해져서
둔한 허리춤 어딘가에 감춰둘 수도 있으니
몰래 사랑시를 쓰다가 죽어도 좋을
불임의 시간

청맹과니 2

밖에 나설 땐 습관처럼 귀에 이어폰을 꽂는다
나 음악 듣고 있으니 말 시키지 말라는 듯
음악이 비어도 귀는 막고 다닌다
두 눈은 새까만 선그라스로 가리고

종각역에서 인사동 쪽으로 들어서다가
노인 한 분과 부딪혔다
그분의 손에 들려진 흰색 지팡이가
분명 톡톡, 바닥을 두드리며 말을 걸었을 텐데
귀 막고 눈도 막고 싶은 세상이라고 터덜대며 길을 걷다가
그분의 노란 선을 침범했다
나는 아무렇게나 밟고 지나가는 점자 블록 위를
노인은 온 생애를 걸고 걸었을 것이다

탑골공원 쪽으로
장난처럼 노란 블록을 따라 걷다가
햇살 좋은 오후
바둑판에 모인 노인들 머리 위로 등나무꽃이
오줌 비린내로 흘러내리는 공원 옆에 서서

검은 안경을 벗고
습관처럼 막았던 귀를 연다

제2부

'찢'

찢…이라는 글자에서는 상처가 보인다
찢고
찢기고
찢어발겨진
찢, 에서는
숨죽여 흘러내리는 깊은 눈물의
바짝 마른 자국이 있다
쥐새끼의 찍 소리와
참새의 짹 소리 사이
갈기갈기 흩어진 팔뚝과 발목과 손가락들
때론 산발한 머리처럼
엉겨 붙어 떼어내기 힘든
톱니 같은
고름의 딱지가 보인다

몽당연필

숱한 밤
베이고 깎인 몸

뼈 마디마디 먹물로 채우고
주저리 이야기를 풀어가지만
흔들리지 않는 목숨의 빛깔로
혼자만의 삶을 써 내려가다
성수대교 다릿발 삭아 내리듯
골병들어 푸석한 내 어미처럼
꺽둑꺽둑 부서져도

시인이 되고
하느님이 되기도 하는

봄비

– 아련하고 낮고 따뜻한

이명이 있어서
매일 밤 기와지붕에 내리는
빗소리가 들린다는
그

이순耳順 벗 삼아 살다 보면

양철지붕에 비 떨어지는 소리보다
낮지 않겠느냐고 한다

언젠가는
모국어로 빚은 빗소리처럼
초가집으로
이사 가는 날 있지 않겠느냐고

볕뉘

볕의 그림자

아무도 모르게 숨겨둔
작은 틈을 통해 잠시 비치는 볕

그 그림자처럼
사라지는
아름다운 밀어를 두고

어느 그늘진 곳에 미치는
조그마한 햇볕처럼

울창한 나뭇잎 사이로
볕뉘
비친다

세량지

비바람 다 맞고 사는데도
꽃대궐에 산다고 자랑하더라

다녀간 흔적
뿌옇게 남겨놓고
모른 척 돌아서는 너의 안부

그 사이
눈부신 연두 안고

물러가는 진달래 꽃잎
덮치는
산벚나무 향내

검은 비닐봉지

담아 보았다고 해서
다 봉지인가요

무언가 담지 못한다면
더는 그 이름 갖지 못하겠지요

허공에 눌려 살면서
까무룩
혼을 내려놓다가도

한 점
티끌보다 작은 바람에도
하늘 높이
부풀어 올라

둥글게, 둥글게
허공을 담는 포식자

까마귀같이
까만 풍선

전갈이 왔다

때죽나무꽃 흐드러졌다는 전갈이 왔다
아팠던 오월이 떠올랐나 보다
망월동 어디쯤으로 친구를 찾아 나서는가 보다

개구리가 서럽게 울고 있다는 전갈이 왔다
그가 서러웠나 보다
울고 있었나 보다

달이 떴다고 전화를 주*는 대신에
개밥바라기별이 당신 집으로 가고 있다는 전갈이 왔다

금성의 여자와
화성의 남자가 만나는 시간이 오려나 보다

* 김용택 시, 「달이 떴다고 전화를 주시다니요」 일부 인용.

신호등

나를 향해 달려오던 길을 잠시, 멈춰야 했던 순간이 행복했던 건 곧 초록불이 켜질 것을 알기 때문이라고 말하던 사내

도망치는 나를 붙잡으려고 따라오던 길에 잠시, 망설임의 순간이 다행이었다고 말하는 사내

빨강과 초록 사이에서 고장 난 신호등처럼 서 있는 노란 원피스의 여자

흔적

구름이
비행기가 지나갈 때마다
매번 뜨겁게
살갗 데이고
하얀 상처로 베이면서도

다시 해맑을 수 있는 것은
그 흔적을
밤새
눈물로 잘 씻어내었기 때문일 것이다

아침이면 높게 날아오르던 새도
둥지를 찾아
저녁이면 낮게
몸을 낮추어 날아드는 것은
하루 흔적이 덕지덕지 깃, 깃에 붙어
생의 하중으로 몸이 무거워진 탓일 게다

청포묵

싫어
라고 단호하게 잘려 나간
당신 젓가락 옆에
돌아와주길 바라며
수저 올리는 조강지처

침침한 침묵 속에
감춘 물컹한 오기
결코 네 손에 잡히지 않겠다는
처절한 분심
꼬리를 베어내고 달아나는 도마뱀

단연코 너와 나
하나 될 수 없다고

건들기만 하면
찌르기만 하면
언제든 베어낼 것처럼
단단히 벼르고 있는
보드라운 외면

맹종죽

밤이 되면
산통을 숨기면서
소리 없이 몸을 틀다가
쏨풍쏨풍 죽순을 낳아 놓고
껍질부터 문을 닫는 여자

나이테가 없다는 것은
살아온 흔적을 새기지 못하는
풀의 이력을 갖고
나무의 이름으로 살아야 하는
천년의 속박

그럴수록
속이 물러지기 전에
쓸데없이 채워진 것들을 덜어내어
흔들어 대도
쓰러지지는 않겠다는 결의

접시꽃

강화도 캠핑장 뒷길로
유모차가 방죽 길을 돌다가
불에 탄 옥수숫대마냥
푸석하게 주저앉는다

깡마른 부챗살 손가락으로
뙤약볕을 긁어모아
유모차에 주워 담는다

꺾인 허리를
늘어진 뱃살로 지탱하며
돌 지난 아기처럼 뒤뚱거리면

거무튀튀
그을어 가는 햇살도 일어나
무겁게 낡은 유모차를 타고
다시 걷는다

아직 닫히지 않았을 꽃잎

모시 고쟁이에 잘 여며 두고

힘겹게 걸어가는

여름 접시꽃

꽃자리

수국은
자신을 품어주는 흙의 성품에 따라
인생이 달라지는가

하얗게 피어나
순결의 꽃말을 갖고
보라색으로 피어나
사랑의 기쁨을 말하고
처녀의 꿈을 키우고 싶을 땐
분홍색으로 피어나는가

내가
다시 태어나거든
어느 꽃자리에 둥지를 틀까

토란土卵

유둣날 꽃놀이 행사에 불려 나간다며 웃던 그녀
빳빳하게 목을 세우고
햇볕 되받아치며
속없이 당당하던 그녀가
치마폭 속대에서 빠져나가는 하혈을 견디고
담석증을 참아내고 있었다는 걸 나는 몰랐네

탄식은 땅속으로 흘러 들어가
꽃이 피지 않으니 열매도 맺을 리 없다며
서럽게 무정란이라도 품고 싶어 하던 그녀가
하체를 흙 속에 담그고 앉아
꽃 대신 수많은 알을 낳으면서도
물 한 모금 입에 넣지 않겠다는 그녀가

새벽녘이 되어서야 얼굴을 내미는 그믐달처럼
몸져누워 있노라고
급전을 친 까닭을
해 질 녘
물 한 바가지 길으러 나갔다가
아차, 깨닫네

탈영병

도망쳐야 한다
이 지긋지긋한 세상
총탄이 박혀 올 것이다
엎드려 죽은 척할까

사이렌도 울리지 않는 초소
헌병이 잠들었나 보다
아니지,
그는 벌써 집 나간 지 여러 해
통장의 잔고도 남아 있지 않아

도망가자
잘 참아 왔다
오래된 미래여

청양고추

고추 한 알 베어 먹는다

화르르 한 입 불씨가
나를 곧추 태워버린다

일순에 무너진다

그 어떤 눈물로도 진화되지 않는
불덩이

마치, 당신 같다

제3부

폐경 광고

드디어 문을 닫겠습니다

이제부터는
농작물을 키우지 않고도 살 수 있게 되었습니다.
가뭄이 들어 타들어 갈세라
홍수가 져서 떠내려갈세라
이웃 경계하여
담쌓아 두지 않고도 이제
편히 두 발 뻗고
길에서도 누울 수 있게 되었습니다

경작하지 않고 놓아둔 폐경지에도
더러 민들레도 피어나고
애채가 돋아날 테니
철망을 거두지는 않겠습니다

그동안 수고하였습니다

아, 주머니

아주머니 밥 한 공기 더 주세요
아주머니 국도 한 그릇 더!
아주머니 이번 김치는 왜 이렇게 짠가요
아, 아주머니
여기 시원한 물 한 잔도

이젠 내게 남은 건 아무것도 없단다
다 퍼주고 다 나눠주고 나니
짠 내밖에 남은 게 없어
물 한 잔 떠 마실 기운도 이젠 없단다

입 벌려 달려들기만 하던
제비 새끼들은
둥지를 뜨고
텅 비워진
아, 나의 주머니

어머니
어머니가 보고 싶다

내 이름은 루 살로메

재즈와 탱고 사이 어디쯤
니체와 릴케가 있었고
처녀성을 지키기 위해 결혼하였지

지참금으로 얻은 자유가 감옥이 되었을 때
청혼했던 그 사람은 신을 죽였고
나의 젖을 찾던 아이는 내게 와서 신이 되었지

고향 집을 태워버린 사내의 목을
칼로 베어내는 유디트 옆에서
황금빛 드레스를 입고 피의 잔을 받아 마시는 수녀修女

무당개구리

　보호색이라는 것이 있지요 눈에 띄지 않게 살아야 살아
남는 인생 같은 거 말입니다 그니가 울면 미소를 숨기고
따라 울어주고 어쩌다 웃어주면 눈물을 숨기고 그니 앞에
서 웃어야 하는 카멜레온처럼 말입니다. 그렇게 살면서 뼈
를 갈아서 뱃속에 엄마와 아버지를 키워냈습니다

　이무기가 용이 된다는 전설이 있다지요 내 뼈에서 자라
난 엄마와 아버지는 이제 커서 신화가 되었고 아홉 개의
머리를 가진 히드라는 허기져서 먹이를 찾아 헤매고 다닙
니다 얼른 배를 보이고 드러눕겠습니다 울긋불긋 화려하
게 미소 흘리며

교류와 직류 사이

꽃술이 꽃술에게 말한다

너에게 닿는 순간
나는 1초에 60헤르츠로 진동하였고
나를 꽉 물고
놓지 않은
너의 전류로
몸이 심하게 떨렸다고

전송되어 온 너의 암호 코드가
교란을 일으켜 감전사하겠다고

어느 날
직류처럼 닿는 순간은
뜨거운 주전자 뚜껑에서 튕겨 나온
한숨처럼
꽃술에 물집이 잡혀 쓰리고 아팠다고

교류와 직류 사이 어디쯤에서 늘 그립다고

이팝꽃

내 손으로
밥이라도 한 그릇 따뜻하게 차려드리고 싶었는데
그냥 보내드렸어요
어쩌지요
당신
많이 서운하신가요

꽃 피는 봄
사월이면 좋겠다고 해놓고는
흰 눈 펄펄
한겨울에 모시적삼으로 떠나신 당신

여기저기 이팝꽃이 팡팡
고봉밥으로 피어납니다
왜 하필
저 꽃을 보면
쌀밥이 생각난다고 하셨는지요
나는 지금
꽃 부풀수록 당신 생각뿐입니다

자귀꽃

팡파레 펑펑
여름 한 날
당신이 내게 와주었고
그해
비로소 알게 된 당신의 이름 자귀꽃
한낮 떨어져 있다가도
밤이면 합치는 부부 같다 하여
합환목이라 했다지요
환희라는 꽃말답게
입술에는 빨간 독을 바르고
몸에 달라붙는 벌레들을 죽이듯
가시 같은 말을 쏟아내고
미모사처럼 부끄럼도 많지만
투겁한 나무를 깎아 다듬는 자귀처럼
나에게만은
환영의 꽃술로 부채질하며 환하게 웃어주는
자귀꽃

불두화

늦은 봄날 미사를 마치고
대모님과 함께
아버지 같은 원로 신부님 뵈러 가는 길

울컥 나타난 또 하나의 꽃길

뒷마당 장독대 옆 만개한 불두화
한 움큼 꼭 쥐고
대장암 수술 후
장루腸瘻를 차고 누워 계신 아빠 병문안 가던 길

이북에 두고 오신 고향이 그리도 그리웠는지
칠순도 못 기다리고
서울 시립 용미리 공원묘지에 잠시 머물다
북쪽 하늘로 올라가신 아버지

엄마 대신
맨손으로 똥을 닦아내는 여식 앞에서
그래도 부끄러운지 하얗게 마른 얼굴로

거~참~ 꽃이 이쁘구나
우리 딸래미처럼 이쁘기도 하구나

꽃 타령만 하시다가
끝까지 딸에게는 보이고 싶지 않던
옆구리 상처와 함께
부처님 오신 날 즈음에서 말을 끝내신
아버지!

미역국

서울 태생이었던 나는
미역국은 항상 쇠고기를 넣고 끓이든지
고기가 없으면
소고기 다시다라도 넣고 끓이는 것이라 생각했다
강남 차병원에서 낳은 딸아이도
쇠고기에 미역을 넣은 미역국이 당연한 것이었다

광주로 이사 온 뒤
아이는 학교 급식에서 미역국이 나오는 날엔
그날 점심을 쫄쫄 굶었다고 투덜댄다
미역국에 어떻게 조개를 넣을 수 있냐고,
어떤 때는 이상한 생선도 들어간다고
비린 미역국이라니!

광주에서 여러 해를 살다 보니
쇠고기만 넣은 미역국은 이제 심심해서 못 먹겠다
가자미도 넣고 전복도 넣은
해산물 미역국의 진한 맛은 얼마나 시원한가

소금과 참기름만으로 무쳐 먹던 나물을
된장을 넣어 무쳤을 때의 생소한 경험처럼
이제 나에게 생애 최고의 미역국은
친정 엄마가 끓여주었던 쇠고기 미역국이 아닌
광주오복미역국집 가자미 미역국이 되었다

파문

종각 근처를 걷다 보면 뜬금없이 생각나는
너, 안녕하신가
종소리인지 징소리인지
내 몸속에서 물소리를 내며 떠돌고 있는 너는
물수제비 뜨듯
몇 번은 통통 내게로 와서
물결을 일으키다가 잊힌 지 오래건만
쨍그렁 깨지는
즉결심판처럼
와인 잔 속에서도 칭칭 울리는
물결로 다녀가는
익명이거나 무명인 너

늦은 안부

망월동 묘역
수많은 번호 앞을 지나다가
귀에 익은 이름 앞에 서서
묵념을 한다

묵음으로 전해지는
안부
사랑
존경

제수는 못 올렸지만
꺼이꺼이
속울음으로 인사드리고 돌아선다

침묵하면서도
아우성치는 이름 앞에서

천관산 억새

머리에 관을 쓴 채
아랫도리는 벌거벗은 바위들이
감히 나를 내려다보는 건 치욕이잖아
타오르는 단풍보다
더 하얗게 붉어서
칼날처럼 사각거리는 내 흐느낌
부슬부슬 꽃처럼 피어나는 여린
솜털만큼은 빼앗기고 싶지 않아
가끔씩 당신 그리워도
나는 결코 바닥에 드러눕지는 않아
흔들릴 때마다 버티기 힘,은 들어
으악으악 소리 지르며 잠 못 드는 날 많아
버석거리는 칼날을 숨기고
살아온 날을 후회하지는 않아
가늘어져 가는 뼈대를 돌 틈에 박고
이리 흔들 저리 흔들 노래도 불러야겠어
하얗게 풀어헤친 머리카락을
밤마다 한 올씩 뽑아서
은하수로 날려 보낼 거야

내 울음 남으로 흘러 정남진에 도달하면
나는 매생이 빛깔로 바다에 잠겨
푸른 머리로 흔들어 댈 거야

잡초라는 말

지구의 한 모퉁이를
단 돈 오만 원으로 샀다
1년간은 내가 이 땅의 주인이다

상추
고추
가지
당귀
방울토마토

내가 주인인 이 땅에서
씨를 키워
열매 따 먹는 즐거움을 위해
소풍 가듯 텃밭을 찾는 날에는
길옆 성당에 올라
성호를 긋고 내려온다

상추, 고추, 가지, 당귀, 방울토마토가 아니면
모두가 '잡'이라는

주홍글자 새겨
목을 베어야 하고
뿌리째 뽑아야 하는
죄지으러 가는 길이라서

냉장고, 비스포크

문을 열 때마다
환하게
불 밝혀주어

딸기는 주근깨 얼굴로
사과는 발그레한 볼로
기다렸다는 듯
얼른 달려 나온다

등 굽은 새우며
괜스레 부끄럽게 오므라들던 전복도
불빛 따라 길 잃지 않고
이끄는 손길로 따라 나온다
소비자 주문에 따라 얼굴색도 바꾸는
BESPOKE

하지를 넘기며 지쳐가던 태양이나
차마 염장하지 못한
여자아이의 사연이

무르지 않도록
차가운 입김으로 소멸을 유예한다

등나무 아래서

초여름의 초침 소리
시냇물이 씻어주며 흐르는 오후

네가 내게로 오기를 기다린다

얽히고설킨
삶이 무겁게 느껴지거든
기대어도 좋고
앉아 봐도 좋고
안아주면 더 좋고

와서 쉬어가기를
천리향처럼 달콤하기를
아까시처럼 꿀맛이기를
꽃그늘 아래에서 보랏빛처럼 웃어 보기를

제4부

로마의 휴일

코르셋을 챙겨 입고 두꺼운 벨트로 허리를 잘록하게 조여 매면서 오드리 햅번 흉내를 내 봐요. 티파니 보석상에서 다이아몬드 반지를 사는 꿈을 꾸어요. 짧은 커트 머리를 하고, 검은 샤넬 원피스에 긴 담뱃대를 멋스럽게 입술에 대고, 다리를 꼬고 앉아 보기도 해요. 사자의 입속에 손을 넣어 볼까요? 분수대 옆 아이스크림 가게에서 젤라토를 사 볼게요.

기름 낀 얼굴이 무거워 철푸덕철푸덕 엉덩이로 걸어요. 헐렁한 묵주 반지는 닳고 닳아 무뎌진 손톱으로는 돌려지지도 않아요. 나를 닮은 그 아이는 스페인광장을 뛰어다니며 카메라 셔터를 눌러 대고 있네요. 바닥에 앉지 말라는 경찰의 눈을 이리저리 피하듯 그늘을 찾아 걷는 길 끝에 그레고리 펙이 기다려줄까요. 언제쯤 돌아올까요, 나의 스무 살 시절.

인도에서 온 찻잔

인도에서 사 온 찻잔이
아무리 봐도 촌스럽다
식탁 위에 놓여 있었던 서너 날을 빼곤
검은 봉지에 담겨 꽁꽁
묶어져 있었던 것이
오랜만에 창고에서 나와 햇살 받는다

바라나시 강가 황홀한 불빛에 홀려
사흘인가 나흘이었던가
가트를 벗어나지 못하고
해 넘어간 저녁마다 찾아가
뿌자 의식에서 들었던 만트라*가
오래된 밀봉 속에서 여전히 살아 있었다

바라나시 화장터 옆에서
죽은 자들의 울음을
금잔화 꽃빛으로 숨겨주며
연극배우처럼 화려한 몸짓으로 너울대던
그 기도의 말씀들

옴마니반메훔 육자진언처럼
인도 찻잔에 가득히 웅웅거린다

* 만트라(mantra) : 불교의 관세음보살 옴마니반메훔 육자진언처럼 힌두교 뿌
  자 의식에서 등불을 돌리며 반복되거나 구호되는 신성한 기도 소리.

알작지 몽돌해변

이호테우 해변*
빨강과 하양 사이
말과 말 사이 어디쯤
등대

검게 타버린 화산 돌 조각이
바다와 땅이 만나는 곳 어디쯤에서
오래된 시간이 만나

빨강 조랑말을 타든
하양 조랑말을 타든

떼를 엮어 만든 테우를 타고
세월을 낚던 하루방의 눈주름으로
너울너울 웃음 짓는 파도에 몸을 맡기고
몽도르르

둥글게 몸을 구르다 보면
알 모양으로 무뎌지는 시간

구멍 뚫렸던 몸에서
풍파 없는 삶은 없다는
몽돌들의 노랫소리
몽도르르

* 제주시 이호동에 있는 해수욕장. 조랑말 모양의 등대가 유명하다.

하와이 연정

페르난도스
니콜라우스
잭다니엘
막 떠오르는 서양
어딘가의 이름과는 달리 달달한
이름 없어도
알로하 알로하로 모두 사랑에 빠지는
그 섬에서

불 뿜어내는 그런 곳 말고
멀쩡하게 죽은 듯 살아서
바다의 노래를 들려주는
그 산허리 어디쯤
너와 지붕 올린 귀틀집 하나 짓고

천국의 아지랑이 헤알리니
다정하고 친절한 사람 카이포
우아하고 기품 있는 아켈라
이 중에서 하나의 이름을 택하여

하와이안 여인으로 살고 싶네
꽃무늬 원피스 무무를 입고
머리에는 하얀 플루메리아
꽃 꽂고 살아가는 여인이 되고 싶네

엘 콘도 빠사

페루 콜카강 깊은 계곡 콘도르는
제 몸의 두 배가 넘는 긴 날개를 달고
천 미터가 넘는 낭떠러지를
날갯짓 한 번 푸덕거리지 않고
유유히 날아다닌다고 했어요
지탱하기 힘든 날개의 무게를 이기는 방법은
기류에 몸을 맡기기 때문이래요
골이 깊은 만큼
받쳐주는 공기의 무게도 대단할 테니
무거움을 이겨낼 수 있었겠지요
병영독서코칭 첫 독서모임에서 만난 김 군은
강사님께 편지를 써도 되냐고,
바닥에 끌리는 바바리코트 허리끈을 주워주면서
쪽지 하나를 건네주었어요
부탁해요, 라고 말하던 그 청년이
왜,
"부탁한다"는 말을 했을까,
부탁이라는 말속에 묻어난
그……

천 길 낭떠러지 같은 슬픔의 냄새
그 작은 함대에서도 코로나가 돌았다는 소문으로
이후엔 다시 만날 수 없었던 김 군에게
기류를 활용해 무거운 날개로 유영하는
콘도르 이야기를 전해주고 싶었어요

무각사無覺寺*

길 건너 술집에서 흘러넘치던
생맥주 거품이
대웅전으로 기어 들어와
욕설을 토해내도
말없이 받아주기만 하는
집주인

벚꽃 분분한 날이거나
대나무 초록바람이
통통 품속으로 뛰어드는 날이면
홀로 걸어 들어오는 길옆에서
넘어지지 말라고 부축하는
집주인

보살님이 뽑아내는
에스프레소 도피오 한 잔에도
피안의 몽롱함을 담아 내어주니
숨어서 울어 볼까 찾아갔다가
마침내 취하여 흥얼거리게 만드는

집주인

* 광주광역시 상무동에 있는 절.

백수 해안도로

녹슬어가는 햇살을 보는 일보다
소금기에 절여진 날개를 털며
날아가는 괭이갈매기
등짝을 바라보는 일이 더 아리다

아흔아홉 산봉우리가
백수를 향해
바다 쪽으로 자꾸 땅을 넓히며 침범한 탓에
철거된 개펄은
바다 깊숙이 매몰되어 버린 지 오래

허기진 새들은
동백마을 길섶에 버려진
낡은 흙 속에서
커피 찌꺼기를 주워 먹다가
집의 주소를 잃어버린 걸까
너덜너덜 허둥대고 있다
아름다운 노을전망대 위에서

서해로 간다

싹수없이 냉랭하다는 말을 종종 들어야 하는 그 여자

하룻밤만이라도
무릎걸음으로 들어가
구멍 숭숭한 물길 속으로 빠져 보려고

몰아붙이는 물길을 피해
끈적한 펄 위
사선으로 눕고 싶어서

무너지는 것들을 경멸한다며 빳빳하게 서서 우는 그
여자
흔들어 대는 것들에 맞서다가 깨진
동해 같은 그 여자가

맹그로브 숲

악어 등가죽 같은 얼굴로 세상의 숲들
모조리 들여다보고 다닌 뒤에야 알게 되었지
지금 세상에도 숫처녀들이 많이 있다는 것을
그들은 물밑에서 아이들을 낳으면서
소금에 절여진 허벅지는
다시 새살이 돋아 처녀가 되지
천 년 물에 젖어
퉁퉁 불어 터질 것 같던 아랫도리는
매일 아침마다 세수하듯 껍질이 벗겨지면서

발가락 간질이는 물뱀들이
출렁이는 가슴 위로 길게 누워
낮잠 잘 수 있게 몸을 낮춰주기도 하고
늘어진 팔뚝과 팔뚝 사이에 해먹을 걸고
한소끔 졸음에 젖다 나오라고
한 켠 내어주기도 하지
씨줄 날줄로 엉겨 붙은
네 송신기와 내 수신기 사이에
신호음이 뚜~뚜~ 멀어져

난해한 수신호들을 다 해독하지 못하여도
이름을 묻지 않고
품에 들어온 생명들에게 처녀는 젖을 물리지

프리다 칼로처럼

유언을 말할 테니 받아 적어요
누워서 거울로 만나는 당신
밤마다 내 몸에 나비를 그려 주겠다던 당신

방금 허물을 벗고
처녀막으로 집을 지은
번데기만을 골라 다니며 알을 슬어 놓는

(뻐꾸기 같은 놈)

뻐꾸기 같으신 당신 보려고
내 그림 속에 나비처럼 날아갈까요

목과 허리에 박힌 철심이 헐거워졌어요
나사못을 갖고 도망친 당신
누워서 거울로 만나는 당신을
공산주의자를 사랑한 여자는
더 이상 시를 쓸 수 없어요
내가 죽여줄까요, 나비 같은 당신

도림사의 봄

허백련 선생이 새기고 가신 도림사 현판 글씨가
겨우내 얼었다 녹으며
버짐 끼고 살갗 튼 얼굴로 버석하지만
얇은 가슴 부여잡고 찾아간 저를
반갑게 반기시네요, 할아버지처럼

아직 마른 바람이 차갑지만
갈라진 돌 틈에선
벌써 다슬기 입김이 새어 나오고
무명 실타래에 엉켜 돌듯
젖은 물소리도 가늘게 감겨 오는 걸요

몸 야윈 버들가지는
실없이 얕은 물속에서 텀벙대던
내 눈빛 따라 능청이다가
청류계곡 바위에 새긴 주자의 말씀으로
도롱눙알을 굴리듯 염불 외면서
바윗돌에 얼어 있던 오래된 시간을 깨우시네요

리본

가장 밝은색으로 나부끼는
접힌 날개는
왜 볼 때마다 저리 아플까

사월이면 그림자처럼
왼쪽 가슴에 날아와 앉는
나비

거미

허공 향해 포식자처럼
짱짱히 매달려 있는 줄 알았더니
언제든 땅으로
곤두박질칠 듯 허공 밑으로
물구나무서서
여태껏 목숨 붙잡고 있었던 거니?
잠마저 편히 누워 못 잤겠구나
설움이 너를 출렁거리게 하였던 거니?
와이어 줄에 목숨을 내맡긴 스턴트맨처럼
한 번도 주인공이 되지 못한다 해도
수많은 전기선들이 엉켜
끝내는 과부하가 걸렸을 때
스스로 목숨을 끊어버리는 퓨즈 같은 거였니?

쩍 벌 웃음

담양 무월리 달빛마을
허허공방 송 아무개는
논흙을 어루만져 토우를 만드는데
주물러 터트릴 듯
젖통이 세 개나 달라붙은 가슴을 만들고
코끼리 코 닮은 것도 빚어
처마 밑 아무 데나 내걸어 놓은 게야

하,
여기는 무월리撫月里!
손이, 손이 없는 듯 살, 살,
만질 듯이 만지고
닿을 듯이 닿으라는 말씀
달빛이 몸을 핥듯 그리하라는 말씀

화火의 기운 강한 곳에
방화신수防火神獸 해태를 모시듯
월月의 기운 강한 이곳에
달빛이 오래 머물러 놀다 가시라고

입이 함박만큼 쩍
벌어진 토우들을 만들어
뜰방 곳곳에 앉혀 놓으신 게지
달님도 허 허 덩달아 덩실거리실 게야

배꽃이 진다

이른 아침
서둘러 학교로 달려가는 길

갈래머리 여고 시절 입었던
하얀 블라우스 같은 배꽃 천지
하루하루 겁 없이 부풀어 오르는 젖가슴을 숨기려
메리야스를 두 겹으로 껴입고
달려가던 등굣길

소녀의 몸에서 피어나던 꽃빛
자주 색깔 270도 플레어스커트를 입고
배꽃 그늘에 숨어들어
시집을 읽으며 배시시
잘도 웃던 그 소녀

푸석한 머리칼 사이에서
하루가 멀게 또 배시시
삐져나오는 흰 머리카락을
아침마다 뽑아내고

배꽃 떨어지는 도로를 달려
그 소녀를 만나러 학교 가는 길

스타벅스에 가는 이유

대학교와 담을 맞대고 있는 집 근처에는 천오백짜리 커피집이 즐비하다 스터디카페와 고급 디저트카페 하나를 제하고 세 보면 13개니 참으로 카페 공화국이다 언젠가 뉴스에서 맥도날드보다 치킨집이 더 많은 나라가 한국이라더니 이제는 치킨집 수를 넘겼다고 한다

크록스 슬리퍼를 끌고 걸어 다니며 골라 마실 수 있는 커피집이 가까이 널렸는데도 나는 굳이 제대로 옷을 차려 입고서 옆 동네 스타벅스로 원정 간다 주차장이 좁아 길가에 차를 세웠다가 두어 번 주차위반 딱지를 받았고 가끔 호루라기 소리에 기겁하고 내려가 차를 옮기면서도 꼭 거기만을 고집하는 이유는 뭘까

예전에는 카페에서 들려주는 음악이 좋았으나 이젠 들어가자마자 귀에 콩나물 대가리 같은 무선 이어폰을 꽂고 밖의 소음을 제거하는 노이즈캔슬까지 작동하고 책을 보니 음악 선곡 때문일 리는 없다 마대 자루에 커피빈이 그려진 그림이 이국적이라 끌리기도 했지만 이젠 휴대폰 NFT에서 세상의 모든 그림을 다 감상할 수 있는 세상이니 색다르게 고급스러운 인테리어 그마저 새로울 이유도 없고

내가 그 많기도 많은 사람 중에서 당신을 택한 이유도
그와 같을까?

낙양洛陽

진도 가는 길목
거센 바람이 물결을 때리는 조수 소리
울돌목을 지나
낙조를 보러 달려간다

뜨는 해 찾아 나서던 때 있었지만
이제는
아름답게 지는 해가 더 보고 싶어진다

굴비 백반을 핑계로 서쪽으로 달리고
낮이 길다는 이유로 남쪽으로 달려가고
솟대 위로 떨어지는 해무도 보려고

달리는 차 창문에 달라붙는
얇은 바다가 좋고
홍주에 취한 햇살이
흥건하게 나의 주름살을 지워주려나 싶어서

겨우살이

나의 젖을 빨면서 너는 목이 메이나 보다
사는 게 별건가

내 젖은 언제나 달콤하지 않았으나 가끔 내게도 너는 꿀
물 같은 말을 한다 내 정수리 해골을 빨면서도 너는 내게
묻는다 행복하지? 우듬지 내 몸 한 켠을 빌려 목숨 키우고
겨우 살면서도 팔랑거리지 않으며 용케도 둥글게 똬리를
틀고 앉아, 오가는 새들의 그림자도 쉬어가지 못하게 가시
를 고슴도치처럼 세운다 햇빛에 녹아내린 상고대 눈물을
겨우겨우 받아 마시며 몸을 세우고 있는 내 몸에 달라붙어
살면서 나더러 죽지 말라고 애원한다

너는 나 때문에 겨우 살고
나는 너 때문에 그나마, 겨우 산다.

오래 묵은 고요, 그 향기로운 화음

김규성 시인

1.

만물은 고요 속에서 태어나 소음에 시달리다가 고요 속으로 돌아가는 유한한 존재다. 인간도 기본적으로 소음보다는 고요를 선호한다. 아무리 번화가에서도 소음은 환영받지 못한다. 연구, 좌선, 명상, 창작 등 생산적 몰입의 경우, 고요는 제일의 요건이다. 무엇보다도 자아는 고요 속에서 본연의 성정을 되찾는다. 이때의 고요는 안정, 평화, 본성, 본래의 자아와 동의어다. 그럼에도 문명화될수록 사회는 다양성을 외투로 걸친 소음이 그 배경을 이룬다. 따라서 늘 산만하고 불안하며 피곤하다.

고요는 바깥의 소란이 그치고, 내면의 평온이 다져진 안과 밖의 아름다운 조화를 이른다. 궁극의 이상적인 마음자리로 일컬어지는 청정심은 맑음과 고요가 짝할 때 본모습을 찾을 수 있다. 맑은 마음에서 참된 고요가 이루어지기 때문이다. 그 맑은 고요가 밝은 평상심으로 이어질 때 온전한 자유와 평화가 주어진다.

박자경의 첫 시집 제목 '오래 묵은 고요'는 일상의 소요에 물들지 않고, 외부환경의 변화와 내면의 정서를 순조롭게 다스려 마침내 청정무구의 경지에 이른 본연의 평상심을 가리킨다. 그런데 이를 위해서는 오랜 인고와 숙련 과정이 필요하다. 박자경은 첫 시집에 수록된 「덕유산 상고대」에서 오래 묵은 고요의 빗장을 연다.

> 북풍이 불면 북쪽을 보고
> 남풍이 불면 남쪽을 보고
> 눈꽃은 죽은 듯이 키를 높인다
> 삶과 죽음의 눈보라 속에서 꽃 피우는
> 순백의 상고대 구상나무
> 뼈아픈 침묵
>
> — 「덕유산 상고대」 부분

화자는 "북풍이 불면 북쪽을 보고/남풍이 불면 남쪽을 보"며 "죽은 듯이 키를 높"이는 눈꽃을 빌려 자신의 내면에 깃든 침묵의 실상을 그려내고 있다. 눈은 고요의 색깔이며 꽃은 그 외양인데 바람 따라 죽은 듯이 키를 높이는 눈꽃의 향배는 변화무쌍한 세파 속에서도 고요에 이르기 위한 발돋움을 멈추지 않는 구도 행각을 뜻한다. 생사의 분기점에서 꽃을 피우는 작업은 고요에 이르기 위해 내면의 침묵을 다스리는 것을 뜻한다.

내면의 침묵은 고요 차원이 아니라 번뇌와 소요를 정화하지 못한 일상적 정동의 갈등구조를 말한다. 이 때문에 아직 고요에 이르지 못한, 그래서 고요를 향해 자신을 다스려가는 몽매한 과정이 뼈아픈 것이다. 그러나 실은 생사의 경계조차 사라진 '상고대 구상나무'는 고요의 상징물이다. 자신의 안에 이미 고요의 실체를 지니고 있으면서도 이를 찾아 누리지 못하고 멀리서 그것을 새삼스럽게 구하는 어리석음을 일깨워주는 존재인 것이다.

이번 제2시집『물의 습성』에서도 일관해서 이와 같은 지향점을 치열하게 추구하고 있는데, 첫 시집『오래 묵은 고요』가 고요의 형상적 해석에 치중한 데 비해『물의 습성』은 고요의 일상적 화용에 중점을 두고 있다.

고요를 궁극의 귀의처로 하면서도 고요한 심지의 일상화를 추구하는 박자경 시의 방법론적 특성은 크게 정제된 역동적 이미지와 정결한 언어의 함축미로 나눌 수 있다. 전자는 감각적 은유와 역동적 서정을 통해 고밀도의 생명력을 강화하고, 후자는 시의 행간과 맥락에 고인 내면의 침묵을 다스려 고요를 착근시킨다. 한편, 고요에 이르는 과정의 일환인 침묵 속에는 숱한 독백, 자문자답, 성찰, 기도가 담겨 있다. 박자경은 그조차 말끔히 비워내고 마침내 '고요'의 진경을 선보인다.

　아래의 시 「꽃자리」를 보자. 우선 제목을 '수국'이라고 하지 않고 '꽃자리'로 한 데서 새삼 이 시의 진수를 음미할 수 있다.

　　　수국은
　　　자신을 품어주는 흙의 성품에 따라
　　　인생이 달라지는가

　　　하얗게 피어나
　　　순결의 꽃말을 갖고
　　　보라색으로 피어나
　　　사랑의 기쁨을 말하고
　　　처녀의 꿈을 키우고 싶을 땐
　　　분홍색으로 피어나는가

　　　내가
　　　다시 태어나거든
　　　어느 꽃자리에 둥지를 틀까

　　　　　　　　　　　　　　　　　－「꽃자리」 전문

　수국이 태어난 태초의 배경은 고요이다. 그런데 수국은

태극의 자리인 고요에서 태어나 음양 양극을 통해 성장하고, 다채로운 형상으로 분화된다. 그러면서 나름의 의미망을 거느린다. "자신을 품어주는 흙의 성품에 따라" "하얗게 피어나/순결의 꽃말을 갖고/보라색으로 피어나/사랑의 기쁨을 말하고/처녀의 꿈을 키우고 싶을 땐/분홍색으로 피어나는" 조화를 부리는 것이다. 고요의 눈부신 화용이다.

그러나 여기에서 유의할 부분은 아무리 꽃의 조화가 신비로워도 그 이면에는 고요가 핵심과 저변을 이루고 있다는 사실이다. 그러기에 화자는 "다시 태어나거든" 이라는 가정법을 통해 일차적으로 죽음이라는 현상적 관문과 윤회라는 본질적 관문을 환기시킨다. 이어서 마지막 행 "어느 꽃자리에 둥지를 틀까"에서는 변화무쌍한 무상의 굴레에서 벗어나 마침내 최종 안식처인 고요의 경지에 이르러 거기를 화용의 본거지로 삼고 싶은 궁극의 희원을 암시한다.

2.

박자경의 시는 웅혼한 폭발력을 지니고 있다. 현실과 초현실의 접점을 줄타기 하는 치밀한 상상력, 직관적 사유, 함축적 서사를 장착한 시한폭탄이 독자의 레이더에 포착되는 순간, 내면의 굉음을 불러일으킨다. 그는 하나의 주

110

제가 섬광처럼 다가오는 순간, 그 벼릿줄을 단단히 붙잡아 머금고 갈무리한다. 이렇게 탄생하는 한 편의 시는 깊고 내밀한 시의 서랍 속에서 오랜 숙성과 발효과정을 거쳐 빛을 보게 되는데 그 과정에서 추호라도 미흡한 낌새가 느껴지면 가차 없이 폐기된다. 그의 시 하나하나는 이처럼 마지막까지 도태되지 않고 제 몫을 다해 충분히 발효된 고순도의 결정체다. 그러기에 곡진한 향기를 머금고 있으며, 은밀하면서도 생생한 파동과 울림을 거느린다.

그의 시는 주제가 분명하다. 그리고 다채로운 시적 장치들은 일사불란하게 그 요체가 주제로 모아져 도저한 응축미를 갖추게 된다. 그가 얼마나 치열하고 밀도 깊게 시 창작에 임하는가 그 '몰입지수'를 감지하는 순간, 독자들의 공감대는 배가한다. 그는 생리적으로 두드러진 기교나 장황한 미사여구를 싫어한다. 이해 가능한 비유와 상상의 범위를 넘어, 주제가 산만하거나 묘연해진 초현실적 '모호 어법'도 경계한다. 반면 되새길수록 무릎을 치게 하는 역설과 반전을 통해 '낯설게 하기' 효과를 극대화한다.

박자경 시세계의 두 축을 이루는 상상력과 주제의 밀도는 비례한다. 그리고 신선한 사유와 다양한 경험칙이 견실한 바탕을 이룬다. 그는 일찍이 라캉이 도입한 '응축'과 '치환'의 언어 구조를 시에서 재구성한다. 응축은 장쾌한 은유를 낳고, 치환은 참신한 이미지를 빚는데 이는 그의 시에 잠재된 폭발력의 뇌관이다. 따라서 이 양자 간의 화음과

역학관계를 동시에 이해해야만 그의 시에 무리 없이 다가
갈 수 있다.

아래의 시 「거슬러 오르는 게 연어뿐이겠나」는 첫머리부
터 역설로 문을 열고 있다.

산다는 건 참 쉬운 거야
너나 나나 흐르고 흘러
이리 휘청 저리 휘청
뼈를 삭히고 사는 일인데 뭐가 그리 어렵겠나
한 너울 휘어잡고 수초 위로 올라타면
어깨 너머 한 세상

암사마귀처럼 기다리던 너를 잡아먹고
하얗게 토해낸 거품 속에
잊은 지 오래된 비밀을 삼키고 살아도
물수제비가 통통 튀어 오를 때마다
나도 덩달아 울렁거렸던 때를 기억하면서
가라앉았던 돌멩이를 호기롭게 삼키기도 하는 거지

거슬러 올라간다는 것은 참 쉬운 일이야
너무 빨리 죽기를 각오하면
무너지기 쉬운 법
죽어도 살아야겠다며 그냥 사는 거지

집을 떠나온 자는

집이 그리우니까 무단히 오르는 것이고

　　　　　－「거슬러 오르는 게 연어뿐이겠나」 전문

　제목 "거슬러 오르는 게 연어뿐이겠나"는 생명체의 삶이
라는 게 결코 만만치 않다는 사실을 암시하고 있다. 그 삶
은 "이리 휘청 저리 휘청/뼈를 삭히고 사는" 삶이며, "하얗
게 토해낸 거품 속에/잊은 지 오래된 비밀을 삼키"며 견디
는 인고의 과정으로 "죽어도 살아야겠다며 그냥 사는" 그
실체일 만큼 지난하다. 그런데도 서두에서는 "산다는 건
참 쉬운 거야"라고 짐짓 딴전을 부린다. 이와 같은 기조는
"거슬러 올라간다는 것은 참 쉬운 일이야"라는 구절에서
또 한 차례 반복된다. 모두 대수롭잖은 역설을 빌려 오히
려 삶의 무게를 순화하는 전략의 일환이다.

　한편 이에는 본질에 대한 화자의 간곡한 희원이 주문으
로 작용하고 있음에 주목해야 한다. 그런데 화자는 종결
부에서 "집을 떠나온 자는/집이 그리우니까 무단히 오르
는 것이"라는 지극히 상식적인 경구로 오히려 극적 반전
을 노린다. 전체적으로 무거움과 가벼움, 반어법과 속성
이 길항하는 듯 얼비추는 화음을 이루며 삶의 장단을 맞
추고 있다.

3.

아스팔트는 시멘트와 모래와 물이 적정의 비율로 뒤섞인 인위적 합성물질이지만, 흙은 일찍이 그리스의 크세노파네스가 주장했듯이 원래부터 저절로 이루어진 자연의 원소이다. 흙은 생명의 근원이지만 아스팔트는 편리의 산물이다. 아스팔트를 원형으로 자란 도시인과 흙을 원형으로 자란 농민은 그 언어와 성정에 있어서 일련의 차이를 지닐 수 있다. 시멘트와 모래와 물의 배합처럼 편리와 이기심에 의해 철저히 계산된 비율이 점령하는 아스팔트문화는 자본주의의 첨단이요 치열한 생존경쟁의 현장인 만큼 이해관계에 민감하기 쉽다. 그러나 그들도 몇 세대만 거슬러 가면 시골 사람들과 마찬가지로 흙의 원형을 공유하고 있음을 기억해야 한다.

박자경은 서울에서 나고 자라 도시적 감수성이 언어미학의 틀을 이룬다. 그러나 젊어서 이후 오래전부터 남도에서 터 잡고 살아왔기 때문에 남도의 정서와 리듬 감각이 자연스럽게 체화되어 있다. 이는 그의 시에서 감각적 은유와 토속적 서정성이 한데 어울려 시너지 효과를 이루며 특유의 강점으로 작용하는 데 선도적 역할을 한다. 이를테면 도시적 세련미와 토속적 리듬이 격의 없이 어울려 시흥을 돋운다. 아울러 도시적 모더니티와 남도 생활에서 체화된 리얼리즘이 절묘한 조화를 이루며 시의 품격과 질을 높인다.

　아래의 시 「묘猫」는 고양이의 한자 표기인데 고양이의 미묘한 생리를 암유적으로 지시한 걸작이다. 마치 불경 묘법연화경의 "묘妙"를 연상시킨다.

　　그녀, 내 무덤 찾아왔네

　　늘어진 허리 곧추세우고 앉아
　　낭창 울음 삼키지 못하고 목에 고인
　　숨 몰아 뱉으며, 카르릉
　　웅얼거리네

　　무당이었지
　　발소리도 내지 않고 내게 찾아와
　　혓바닥을 동강 내고
　　내 피를 훔쳐갔지
　　주술 같은 신음
　　안을수록 파고드는 손톱
　　집요하게 물기를 빨아들이는 그믐달 눈빛

　　허공에 집을 지어도 추락하지 않는
　　천 개의 눈, 천 개의 길을 피해

무덤으로 숨어들었건만

탐조등 켜 들고 와

나른하게 늘어진 내 지문 핥고 있네

그녀에게서 나, 도망치지 못하겠네

―「묘猫」전문

   고양이를 무당에 비유하고 고양이의 신음을 주술과 동일시하는 시각은 탁월한 상상력의 산물이다. 한편 고양이는 "그녀"로 지칭되는 것으로 보아 여성성을 상징한다. 화자의 주소지는 "무덤"이다. 시작도 끝도 무덤이라는 추상적 공간이 장식하고 있다. 고양이는 무덤까지 찾아온다. 그런데 "나른하게 늘어진 내 지문"을 "핥는" 것으로 보아 도피자의 긴장이 전혀 느껴지지 않는다. 무덤은 실제의 장소가 아니라 가정에 의한 상상의 공간임을 일부러 드러내고 있는 것이다.

   문제는 고양이의 정체가 생사를 초월해 도피자를 추적하는 무소불위의 존재라는 데 있다. 고양이는 "천 개의 눈, 천 개의 길"을 피해 숨었는데도 이내 뒤따라와 검문을 하는 신적 존재다. 그런 고양이와 화자는 불가분의 관계로 추적자와 도망자, 무당과 피주술자 입장이면서도 막상 화자가 고양이를 안으려면 손톱을 세워 파고드는 복합적 상호성을 안고 있다. 이 시는 고양이를 의인화해 그 속성을

적나라하게 해부함으로써 인간의 다중적 면모를 밝히는
데 목적을 두고 있음을 알 수 있다. 여기에서 현실과 초현
실을 망라해 암약하는 고양이의 신비로운 속성을 여성성
에 초점을 맞추어 읽으면 또 다른 묘미를 느낄 수 있다. 무
엇보다도 이 시의 백미는 그 언어의 농밀한 질감에 있다.
신화적이며 육감적 은유와 이미지가 주조를 이루는데 특
히 아래의 3연과 4연은 참신한 이미지의 보고다.

　　발소리도 내지 않고 내게 찾아와
　　혓바닥을 동강 내고
　　내 피를 훔쳐갔지
　　주술 같은 신음
　　안을수록 파고드는 손톱
　　집요하게 물기를 빨아들이는 그믐달 눈빛

　　허공에 집을 지어도 추락하지 않는
　　천 개의 눈, 천 개의 길을 피해

　　다음의 구절들은 박자경의 시적 성취가 얼마나 내밀하
게 육화된 언어적 질감을 토대로 하고 있는가를 되새겨 보
게 해준다. 특히 생체리듬과 절제된 감정의 진동이 긴밀한
조율을 통해 격조 높은 화음을 빚어낸다.

한 너울 휘어잡고 수초 위로 올라타면
어깨 너머 한 세상

암사마귀처럼 기다리던 너를 잡아먹고
하얗게 토해낸 거품 속에
잊은 지 오래된 비밀을 삼키고 살아도
물수제비가 통통 튀어 오를 때마다
나도 덩달아 울렁거렸던 때를 기억하면서
가라앉았던 돌멩이를 호기롭게 삼키기도 하는 거지

— 「거슬러 오르는 게 연어뿐이겠나」 부분

한여름에 온몸으로 한번
하얗게 웃어 봤으니

삭풍 부는 겨울날에는
그만
무릎을 꺾어
앉아 쉬어도 좋으련만

— 「겨울 백합」 부분

꽃잎 하나 떨어졌는데
나의 어깨는 왜 이리 무거운가

— 「낙화」 부분

내가 손을 놓지 않았는데도
너는 이제 몸에서 떠나는구나

- 「낙화」 부분

아랫도리는 벌거벗은 바위들이
감히 나를 내려다보는 건 치욕이잖아
타오르는 단풍보다
더 하얗게 붉어서
칼날처럼 사각거리는 내 흐느낌

- 「천관산 억새」 부분

가늘어져 가는 뼈대를 돌 틈에 박고
이리 흔들 저리 흔들 노래도 불러야겠어
하얗게 풀어헤친 머리카락을
밤마다 한 올씩 뽑아서
은하수로 날려 보낼 거야

- 「천관산 억새」 부분

구름이
비행기가 지나갈 때마다
매번 뜨겁게
살갗 데이고

하얀 상처로 베이면서도

다시 해맑을 수 있는 것은
그 흔적을
밤새
눈물로 잘 씻어내었기 때문일 것이다

–「흔적」 부분

꽃 타령만 하시다가
끝까지 딸에게는 보이고 싶지 않던
옆구리 상처와 함께
부처님 오신 날 즈음에서 말을 끝내신
아버지!

–「불두화」 부분

고향 집을 태워버린 사내의 목을
칼로 베어내는 유디트 옆에서
황금빛 드레스를 입고 피의 잔을 받아 마시는 수녀修女

–「내 이름은 루 살로메」 부분

쨍그렁 깨지는
즉결심판처럼
와인 잔 속에서도 칭칭 울리는

물결로 다녀가는

익명이거나 무명인 너

－「파문」부분

　박자경은 미시적이며 섬세한 언어감각에 음악적 리듬을 실어 고요하게 분출하는 특유의 율동미를 선보인다. 모음조화 법칙에 일련의 변화를 준 의태어는 화자의 언어감각이 얼마나 치밀한가를 입증해준다. 또 시집 전체에 걸쳐 언어적 질감과 음악적 율동이 절묘한 조화를 이룬다. 또 조어에 가까운 감각적 의성어를 되살려 바퀴를 굴리듯 유려하게 리듬을 탄다. 이처럼 그의 시는 도처에서 토속적 무가와 민요조의 리듬이 시적 긴장과 감흥을 이끌어가고 있다. 이 리듬은 그가 남도에서 몸소 체득한 것으로 그 이면에는 충일한 생명성이 깃들어 있다. 물론 이에는 민족의 토속적 집단무의식도 한몫하고 있을 것이다. 그의 시에서 화음은 불협화음의 동인인 소란을 다스리는 처방으로, 고요에 이르는 마지막 관문이다. 자연스럽게 작동하는 리듬은 생명력의 원천으로 지극히 숨 고른 호흡과 같다. 그리고 이 호흡은 고요를 모태로 한다.

4.

"산은 산이요 물은 물"이라는 스님의 말이 장안의 화제
가 된 적이 있었다. 사실 이 말만큼 상투적이고 하나 마나
한 관용적 표현도 드물 것이다. 그런데도 불가의 그 난해
하고 모호한 화두의 늪을 거쳐 새롭게 일갈한 오도송에 다
름없기에 이 말은 비상한 중량과 가치를 지닐 수 있었다.
이 경우의 어법을 시에서도 확인할 수 있다. 처음에는 누
구나 "산은 산이요 물은 물"이라고 했다. 그러다가 차츰 시
인들은 '산은 물이요 물은 산'이라고 역설을 빌려 새로움을
구가했다. 그리고 이내 시큰둥해지자 일군의 시인들은 '산
도 물도 도깨비요 안개며 곤충이고, 바위인가 하면 관념이
요 별'이라고 내키는 대로 그 이미지를 조작하고 해체했다.
그러나 난해와 모호의 안개 숲에 이르러 도무지 앞이 보이
지 않자 다시 "산은 산이요 물은 물"이라고 번복해야 할 시
점에 이르렀다.

시인들은 산은 산이요 물은 물이라는 구절을 한번 역으
로 비틀고, 이를 다시 뒤섞고 해체해 낯선 퍼즐게임을 무
작위로 연출하다가 자중지란에 빠져 다시 제자리로 돌아
오기에 이른 것이다. 물론 다시 제자리를 돌이킨 산과 물
은 예전보다 더 단호하고 명료한 어조로 원시반본原始返本
(증산의 개벽사상과 원불교 사전의 표현을 빌리자면)의 순
환적 진리를 환기시킨다. 이와 같은 언어의 변주와 그에

따른 주제음으로의 회귀 현상은 박자경의 시세계에서도 확인할 수 있다.

평소 그의 어법과 언어세계는 유려하고 관능적이며 감각적인 표현이 주조를 이루고 있었다. 이른바 도회적 '세련의 언어'를 언어미학의 틀 안팎에서 자유자재로 구사했다. 그런데 일련의 휴식기를 거친 그는 군더더기 없이 담백한 함축의 화법으로 자연의 순리를 노래하고 있다. 아스팔트 언어와 흙의 언어가 마침내 자연스럽게 조화를 이루게 된 것이다. 아래의 시 「물의 습성」에서는 그 진면목이 두드러진다. 이 시의 강점은 화자의 언어가 담백하고 명쾌하다는 데 있다. 화자는 거추장스러운 일체의 수식을 배제하고 순 날것의 직관적 은유로 고차원의 경지를 노래하고 있다.

바닥을 숨기거나
깊이가 고이는
곳

뛰어내리고 싶으면
몇 걸음 뒤로 물러나야 하는
곳

돌멩이라도 힘껏 던져 보고 싶게
침묵하는

곳

네가 사는 집과
내가 찾아가는 길
어디메쯤

길을 막아서며
또 길을 열어주는
너의 습성

– 「물의 습성」 전문

통상적으로 물은 계곡과 시내 그리고 강이 지시하는 부단한 흐름과, "같은 강물에 두 번 발을 담글 수 없다"는 헤라클레이토스의 무상을 상기시킨다. 또 강의 종착지인 바다가 표상하는 파랑과 조수를 연상케 한다. 폭포는 웅장한 굉음과 속도를 자랑하지만 그 역시 일회적이며, 높은 곳에서 낮은 곳으로 흐른다는 점에서는 결을 같이한다. 한편 호수와 연못의 물은 고요와 평화, 자정自淨을 상징한다. 폭포, 계곡, 냇물, 강, 바다가 동적이며 능동태라면 호수와 연못은 정적이며 수동태이다. 두 공간이 역할을 분담해 물의 속성을 양분하는 셈이다.

그런데 이 시에서 화자는 앞에서와는 다른 시각에서 물의 속성을 노래한다. 전체적 분위기로 보아 여기에서 물은 저수지나 댐을 배경으로 하는 이를테면 갇힌/담긴 물에 가깝다. 화자는 직접 물의 속성에 자신을 투여해 물아일체 경지에 다름 아닌 정경합일情景合一을 시도한다. "바닥을 숨기거나/깊이가 고이는" 물은 "돌멩이라도 힘껏 던져보고 싶게" 화자의 정동情動을 불러일으키는 "침묵"의 사자使者다. 그러나 화자가 막상 "뛰어내리고 싶"을 때면 "몇 걸음 뒤로 물러나"게 수위를 조절해, 마침내 궁극의 본질에 이르게 유도하는 길잡이이기도 하다.

이와 같은 물과 화자의 은밀한 '밀고 당김'은 마지막 연에서 그 함의를 드러낸다. "길을 막아서"는 것 같지만 실은 "길을 열어주는" 물의 이중적 포즈는 우주의 모순적 구조를 그 실체에 근접하게 형상화한 탁견이다. 마치 불교의 불일불이不一不異 사상을 함축적으로 극화해 보여주는 것 같다. 물은 궁극적으로 화자와의 아름다운 화쟁和諍을 주도하는 우주적 동일체이다. "네가 사는 집"과 "내가 찾아가는 길"은 너와 나를 하나로 묶는 연결고리이다. "집"은 너와 내가 함께할 귀의처요 "길"은 그 집에 이르는 지도인 것이다.

물은 기본적으로 고요를 지향하는 속성을 지니고 있으며 청정은 물의 본성에 해당한다. 폭풍우나 격랑도 일시적 소요가 멈추면 고요의 품으로 회귀한다. 여기에서 주목할 점은 고요는 우주의 바탕임과 동시에 자아의 궁극적 고향/본성이라는 사실이다. 소음 즉 상처와 고통, 번뇌의 집합

체인 자아를 해체하고 고요의 고지에 이르러 본연의 자아를 되찾을 때 우주와도 완연한 합일을 이룰 수 있다. 박자경은 번잡하고 산만한 안과 밖의 소음을 발효하여 마침내 고요에 이르는 극과 극의 지난한 과정을 섬세하면서도 담백한 어조로 담아내고 있다.

시에서도 화려한 기교보다 절제된 내실을 원숙한 경지로 본다. 학문도 그렇지만 예술도 궁극적으로는 외화外華의 과잉을 덜어내고 내향內向의 함축적 본질에 다가가는 도정을 가리킨다. 개성과 독창성의 저변에는 궁극적 본질이 자리해야만 그 함량과 비중을 지탱할 수 있는데 내면의 맑은 고요로부터 생성된 향기로운 화음이 그 바탕을 이룬다. 이 부분은 박자경 시인의 시세계를 함축적으로 표상하는 핵심이며, 시집 『물의 습성』은 그 소중한 결실이다.

고요는 외부의 소음과 내면의 소란을 다스려 적정삼매의 경지에 이른 것을 말한다. 외부의 소음은 객관적으로 드러나지만 내면의 소란은 철저히 주관적이다. 보이지도 들리지도 않아서 오리무중인 내면의 소란은 침묵을 외투로 걸치기 때문이다. 침묵은 겉으로는 고요와 구분이 어렵지만 그 안은 번뇌와 무의식의 돌출로 소란스럽기 이를 데 없다. 따라서 안과 바깥의 소란을 소거해야 온전한 고요에 이를 수 있는데 이는 곧 치유 그리고 자아 완성과 맥을 같이한다. 고요와 치유, 자아완성은 삼위일체적 공동운명체인 것이다.

박자경은 치열한 수련 끝에 고요의 경지를 체득하게 되었다. 이제 저간의 누적된 상처를 치유한 그에게는 '맑은 고요'를 '밝게' 활성화해야 하는 새로운 과제가 주어졌다. 그러나 이는 안과 밖의 소란으로 인한 고통이나 번뇌와는 격이 다른, 거리낌 없는 평화와 자유를 여유롭게 누리는 평상락을 의미한다.

물의 습성

초판1쇄 찍은 날 | 2023년 8월 24일
초판1쇄 펴낸 날 | 2023년 8월 29일

지은이 | 박자경
펴낸이 | 송광룡
펴낸곳 | 문학들
등록 | 2005년 8월 24일 제2005 1-2호
주소 | 61489 광주광역시 동구 천변우로 487(학동) 2층
전화 | 062-651-6968
팩스 | 062-651-9690
전자우편 | munhakdle@hanmail.net
블로그 | blog.naver.com/munhakdlesimmian

ⓒ 박자경 2023
ISBN 979-11-91277-72-2   03810